불면은
적막보다 깊다

불면은 적막보다 깊다

초판인쇄 | 2018년 11월 20일   초판발행 | 2018년 11월 30일
지은이 | 김정순   주간 | 배재경   펴낸이 | 배재도   펴낸곳 | 도서출판 작가마을
등 록 | 2002년 8월 29일(제 2002-000012호)
주 소 | 부산광역시 중구 대청로 141번길 15-1 대륙빌딩 301호
       T. 051)248-4145, 2598   F. 051)248-0723   E. seepoet@hanmail.net

ISBN 979-11-5606-113-7 03810   ₩10000

본 도서는 2018년도 경남문화재예술진흥원의 문화예술지원금을 보조받아 발간하였습니다.

작가마을 시인선 34

불면은 적막보다 깊다

김정순 시집

도서출판
작가마을

누군가에게
노래가 되지 못한다면
아무 말도
쓰지 않으려 했는데

어쩔 수 없다

오늘 또 한 줄
다시 나를 쓴다.

2018년 가을

김정순

김정순 시집

작가마을
시인선
㉞

• **차례**

005 • 자서

제1부   013 • 서시
014 • 달빛 벽화
016 • 동백꽃, 비에 젖네
017 • 상처의 힘
018 • 역사책을 읽다
019 • 겨울 숲의 눈발
020 • 뜨거운 밥
022 • 그림자 놀이
024 • 꽃의 진화
026 • 모래사막
027 • 폭포
028 • 초승달
029 • 비 오는 날
030 • 로드 킬
031 • 밤비소리 들으며
032 • 아프다
034 • 겨울 허수아비
036 • 벚꽃 그늘에 앉아

제2부

039 • 따뜻한 슬픔

040 • 기억하는 것이 슬픔일까

042 • 기억하는 것이 슬픔일까 2

044 • 기억하는 것이 슬픔일까 3

045 • 회상

046 • 무궁화 꽃이 피었습니다

048 • 냉장고를 정리하다

050 • 가을밤

052 • 한 여름 밤의 현장

053 • 잃어버린 안경

054 • 노숙하는 의자

056 • 쌀

058 • 묵은 감자를 깎는다

060 • 구멍

061 • 눈이 내린다

062 • 동네 뒷산

064 • 감

065 • 꽃길

김정순 시집

작가마을 시인선 ㉞

제3부

069 • 컴퓨터 그래픽

070 • 창가의 흔들의자

072 • 모심母心

074 • 나는 지금

076 • 시간의 그늘

078 • 도시의 까마귀

080 • 늦잠

081 • 불면은 적막보다 깊다

082 • 큰 나무

084 • 프로필

086 • 순리

087 • 11월, 북천에서

088 • 현대인

090 • 꽃잎

091 • 찻물을 끓이며

092 • 낙서암 가는 길

094 • 배추흰나비

095 • 군자란

불면은 적막보다 깊다

제4부

099 • 낙화

100 • 하지

102 • 입춘

103 • 입추

104 • 입동

105 • 진눈깨비

106 • 춘설

108 • 공인된 하루

110 • 전화

112 • 포도주 뜨는 날

114 • 하현달

115 • 문 앞에서

116 • 길의 잠언

117 • 유리의 벽

118 • 21세기 식

120 • 빗물도 고향 쪽으로 흐른다

122 • 아버지 당신에게서 배웠습니다

125 • 겨울비

126 • 해설 : 아픔을 딛고서 피워내는 존재의 승화를
위한 노래 / 정 훈

불면은
적막보다 깊다

작가마을시인선34 · 김 정 순

제1부

서시

시,
너에게 기댄다
네 살에
네 피에
네 뼈에
상처마저
허물어질까
네 심장에
내 심장을 포개고
박동소리 듣는다
아,
살아 있는 순간이
아름답다

달빛 벽화

슬픈 꿈을 꾸다가 깨어 난 적이 있었다
어둠은 태초의 빛살 속에 가라 앉아 있었고
시간은 알 수 없는 공간을 가고 있었다
벽이란 벽은 모두 환한 불을 밝혀 들고
눈부시게 반짝이는 길을 내며
얼룩진 눈물 한 방울까지 닦아내고 있었다
세상은 신화처럼 벽속에 들어
무채색의 투명한 마음으로 살아나
서로를 토닥이고 있었다

아무도 몰래 홀로 떠나가는 나뭇잎 하나
말없이 지켜보며 바람은
아픔을 견디는 가지의 맨살을 쓰담고
그 쓸쓸함 가만히 달래고 있었다
홀로가 된 나무는 다정한 손끝으로
시린 얼굴들을 부드럽게 어루만져 주고
어디서 왔는지 지친 날벌레 야윈 꿈도
젖은 가슴에 안겨 새록새록 잠들어 있었다

상처도 비단처럼 고와지고 따뜻해져서
달빛만이 맑게 출렁이는 벽화 속에서
다시 잠든 적이 있었다

동백꽃, 비에 젖네

그의 멍울 선명하게 빛나네
잊으려 했던 상처 생생하게 살아나네

가슴 속 묻어둔 비애
밖으로 마구 흘러나오네

핏물 뚝뚝 떨구며
가득가득 고이는 눈물 감추지 않네

동백꽃 필 때도
동백꽃 질 때도
아, 저렇게 투명한 비명 들어 본 적 없다

빗물이 붉게 물들어서
동백꽃처럼
동백꽃처럼

상처의 힘

몸 어딘가에 깊이 박혀서
오랜 세월을 함께 살아 온 상처는
반들반들 잘 닦아 논 그릇처럼 윤이 난다

오랫동안 세월을 견뎌온 상처는
잘 빚은 그릇이 될 수 있나 보다

아린 통증들이 몸속에 들어
어떻게 반짝이는 빛으로 환생할 수 있었는지

그 깊은 심연에서
세월로 울어보지 않으면 모를 일이다
눈물에 젖어 보지 않으면 모를 일이다

핏속 눈물 다 마시고
뼛속 울음 다 듣고 자리 잡은 상처는
뜨겁게 야물어져서
밥 한 그릇 거뜬히 퍼 담을 수 있는
힘이 생기나 보다

역사책을 읽다

도서관에서 낡고 오래 된 역사책을 꺼내 볼 때면
어쩐지 가슴이 짠해 온다
베스트셀러 코너 옆에
간신히 자리 잡은 역사책처럼
노인 병동 침대 위에 꽂혀 있는 사람들
누워서 혹은 비스듬이 기대어
병실의 침대에 꽂혀서 잊혀 져 가는 사람들
한 장 한 장 책장을 넘길 때마다
갈피갈피 새겨진 주름살
검게 얼룩진 세월의 흔적들
찾아보는 이 없고 먼지로 퇴색해 가는 역사책을 펼치듯
노인 병동에서 면면히 이어 온 세월들을 읽는다
페이지마다 새겨진 사연들을 읽는다
도서관 한 귀퉁이를 차지한
발길 뜸한 책장 앞에 서서
저문 인생을 읽는다

겨울 숲의 눈발

모두 떠나갔다고 조용히 눈을 감는 순간에
한 송이 또 한 송이 떨어져 내리는 기억들
나무들 화들짝 눈을 뜨고
온 몸으로 맞는다
첫사랑처럼 찾아 온 기억들이
머리 위에 어깨 위에 부드럽게 앉아 속삭인다
나무들 가만히 귀 기울여 듣는다
시린 발목 감싸며 차곡차곡 쌓이는 이야기들
나무들 조금씩 가지를 굽힌다
땅을 향해 가까이
고개 숙여 기억을 더듬는다
그리운 얼굴들이 되살아난다
그를 떠났던 나날들이 환하게 밝아져서
저무는 생의 각질을 덮어 준다
나무들 어둠을 걸어 나와 온 몸으로 반짝 인다
앙상했던 모습 깊은 어둠에 묻혀 버리고
목화꽃송이 하얗게 터져 나온다

겨울, 그 숲에는
추위에 얼어붙었던 나무들이 따뜻하게 피어나고 있다

뜨거운 밥

물 한 냄비 펄펄 끓여
밥 말아 먹는다

접시 하나에 멸치 반 고추장 반
떨어진 꽃잎처럼 책상 위에 흩어진
읽다 만 시집 쓰다 만 원고지들
자리를 비집어 그릇 두 개 간신히 올려놓고
얼굴에 서리는 밥 김 후후 불어가며 밥을 먹는다

익은 밥 한 술 떠먹고
야문 멸치 한 마리 찍어 먹고

시 한 줄 눈에 넣고
밥 한 숟가락 입에 넣고

시 한 편 마음에 담고
멸치 한 마리 몸에 담고

욕심 없는 밥 한 그릇
뜨끈하게 배를 채웠네

수식 없는 책상 위의 밥상
세상 이 보다 더 따끈한 밥상은 없다

그림자 놀이

햇살이 창턱에 걸려 쓰러졌던
꽃나무들을 일으켜 세워 놓더니

어느 틈에 지웠을까

마룻바닥에 빨래 줄을 들이고
줄줄이 빨래들을 걸어 놓았다

나는 꽃잎 속에 숨었다가 빨래줄 위에 걸터앉아 그네를
타다가
깊이를 모르는 꿈꾸기에 빠진다

건너편 아파트가
무거워진 머리를 내 집 베란다에 눕히고 잠시 쉬었다 사
라지는 동안
바람이 불고
다시
구름이 흘러가고

흔적을 남기지 않는 허공 사이로
새 한 마리 휙 금을 긋는다

하늘은 아무 일 없었던 듯 입을 꾹 다물고
놀이에서 풀려난 그림자들 다시
해의 동공 속으로 사라진다

꽃의 진화

봄이 저물자 꽃의 잇몸에서
이빨 하나가 쑥 빠진다

탄력 잃은 잇몸에서 이빨이
우수수 빠진다

이빨이 빠진 입술은 안으로 말려들어
조글조글 오무라든다

더 튼튼한 이빨을 심기 위해 꽃은
삭은 이빨을 뿌리에 묻고
마지막 한 방울 물을 잇몸으로 마신다

병상에 잇몸으로 누운 그 꽃은
엄마 젖줄을 빠는 아기처럼 빨대를 물고
물통 속의 물을 쫄쫄 빨아 먹는다

꽃은 자리를 옮겨
탱탱하게 물이 오른 잇몸에서 다시
새 젖니로 돋아날 수 있을까

낡은 잇몸을 빠져나간 생애 위에
더 새로워진 이빨을 심을 수 있을까

모래사막

나는 존재 한다
존재 하지 않는다

개척지에 다리가 세워졌다가
순식간에 속절없이 무너졌다

원숭이가 뛰놀던 원시림이
21세기 첨단을 달려간다

사랑했던 얼굴이 흐물흐물 녹아내린다
한 생이 허무하게 사라진다

모래사막 위로
기차가 지나가고 구름이 흘러가고
바람이 스쳐가고 새들이 날아가고
돌아보면 몇 천 년 아니 한 순간

모래 가루로 그려내는 지도 위에서
나는 존재 한다 존재하지 않는다

26 불면은 적막보다 깊다

폭포

상처 없이 부서질 수 있는가

속속들이 부서지지 않고 무지개 꽃 피워 낼 수 있는가

폭포는 전신으로 깨어지면서
눈이 부시게 물보라를 뿜어낸다

온 몸 던져 아픔을 참아내지 않고는
아름다운 삶의 빛깔 빚을 수 없으니

피하지 말고 부딪쳐 그 상처로 찬란하게 아롱져 보라고

연방 오색 상처들을 피워 올리며
온 힘으로 웃는다

초승달

산달을 다 채우지 못한
초이레 칠삭동이 달
뇌 구조가 다 발달 되지 못한 모지란 달
아직 세상일도 잘 모르면서
무턱대고 촐랑촐랑 나왔다가
무차별 쏘아대는 네온사인에 하얗게 질렸다
위험 팻말도 가릴 새 없이
엉겁결에 전선을 붙들었다
바람이 툭 툭 건드릴 때마다 외줄타기를 한다
어린 달처럼 핼쓱해진 하늘이
소매 끝자락으로 꽉 잡아 당겼다
냉혹한 바람이 이마를 긁는다
별 볼 일 없는 달 쯤 이야
아랑곳 않는 사람들
관심 밖으로 밀려 나와 눈치만 보다
간신히 화색을 찾은 철부지 달
따숩고 둥근 부모 품이 그리워
일찌감치 집으로 돌아간다

비 오는 날

폐기물 종합 처리장 앞을 지날 때 내리는 빗소리는
구멍 난 냄비 두들겨 대는 땜질소리로 내리고

슬레이트 지붕 아래를 지날 때 내리는 빗소리는
삶이 얄팍해진 한숨 소리로 내리고

도심 건너 숲길을 지날 때 내리는 빗소리는
잎사귀 서로 쓰담는 소리로 내리고

발길 끊긴 정류장 앞에 내리는 빗줄기는
그와 헤어지던 날의 아픔처럼 내리고

골목 어귀 가로등 불빛 아래 내리는 빗줄기는
누군가 내미는 위로 같이 내리고

깊은 밤 창문가에 내리는 빗줄기는
오래된 기억 같이 내리고

로드 킬

저 고양이는
어디로 가는 길이었을까

안전지대를 택하긴 너무 아득하여
어지러운 바람 속을 횡단한 걸까

언뜻 언뜻 보이는 손짓에 심장이 뛰어
기다림을 가로질러 달려갔을까

이 쪽도 저 쪽도 안식하지 못한 삶 위에
매몰찬 바퀴자국만 무성한데
현실과 이상의 분리 점
그 생의 언저리에
떠돌이 별 한 점 떨궈 놓고
결코 넘볼 수 없는 선을 한 발짝
건너 딛은 발자국

길 건너 저 편
꼬옥 만나야 할 누군가 있었던 것처럼

밤비 소리 들으며

사람들
나를 향해 모여 드네
먼 곳에서 자박자박
가까이 모여드네
저마다 가슴에 품은 사연 들려주네
아무런 수식어 없이
담담하고 편안하게
아직 풀지 못한 응어리 어루만지네
아직 보내지 못한 서러움 토닥이네
메마른 가슴 안으로
고요한 물소리로 흘러드는 소리
절망이었던, 약이었던, 그리하여 마침내
生의 뿌리가 되었던 상처 위에서
따뜻하게 가슴 적시는 목소리
그대에게 겨누었던 불같은 증오가 젖네
세상이 젖네 촉촉하게 내가
이순의 귀 열어 놓고
촉촉하게
촉… 촉… 하 게
· · · · · · · ·

아프다

환한 봄 날
분 냄새 다 지우고
하얗게 떨리는 꽃잎이
아프다

산달을 홀로 넘기며
허공에 산란하는 달빛이
아프다

기대고 싶은
그러나 기댈 수 없는
사람이
아프다

살아 흔들리는 모든 것이
아프다

외롭고 쓸쓸한
슬프고 가여운
순간순간의 그 생이
아름다워서
아프다

겨울 허수아비

1

그의 인적 사항은 오래 전 직권 말소 되었다
황금기를 다 보내기도 전에 그의 역할은 끝나버렸다
그는 이제 뿌리가 없는 셈이다
일년초보다도 기약이 없는 신세인 것이다
씨눈 없는 막대기로 10년 아니 20년
아무리 공들여 서 있어도 뿌리가 날 리 없다
들판이 아무리 넓어도 그의 뿌리가 될 땅은 한 뼘도 없다
이젠 참새들조차도 그를 무서워하지 않는다
그의 존재는 무용지물이 되어버렸다
냉혹한 바람은 앙상한 손가락을 할퀴고
추위에 찢긴 외투는 날마다 낡아갔다

2

그는 도시의 계단을 차근차근 내려간다
지하도 한 구석에 마지막 남은 외투를 펼친다
최소한의 예의라는 듯
사람들은 그의 영역만큼은 피해 가 주었다
빛에서 어둠으로 바닥에서 하늘로

선명한 선을 이어가는 저 계단이
디딤돌이 되어 줄 날이 있을까 생각하며
밀폐된 평화 속에서 그는 안식 한다
봄이 부활하여 올 때까지
껍질 속의 번데기처럼 꿈을 꾸면서

벚꽃 그늘에 앉아

마을이 내려다보이는
벚꽃나무 아래 앉았다
암세포를 몸속에 담은 중년의 남자가
서너 개 링거 줄을 달고 휠체어에 의지 한 채
벚꽃 그늘 속에 들었다
딸인가 아내인가 함께 말없이
저 아래 벚꽃 마을을 내려다본다
우리는 모두 똑같이 벚꽃 마을을 내려다본다
벚꽃 환한 마을을 내려다보며
저이는 무슨 생각에 흔들리고 있을까
벚꽃 마을을 내려다보고 있는 우리는
저마다의 상념으로 조금씩 흔들리고 있으리라
각기 다른 생각에 잠겨 있는
그러나 같은 길을 가고 있는 우리들

제2부

따뜻한 슬픔
– 기억하는 것이 슬픔일까

아내의 나이는 알지 못하지만
처음 잡았던 손의 감촉 기억하고 있네

아내의 이름은 알지 못하지만
늙어버린 얼굴은 기억하고 있네

생을 송두리째 잊었지만
나누었던 한마디 말은 잊지 않았네

한 순간 또 한 순간
반딧불처럼 반짝 일어났다 사라지는
기억 하나로 살아 있는지

어쩌면 우리는 모두
이 찰나의 반짝이는 기억 하나로
전 생을 바쳐 여기까지 왔는지

기억하는 것이 슬픔일까

그 사람은
애지중지 키우던 군자란이
어렵게 꽃을 피웠는데도
기뻐할 줄을 모른다

평소 아끼던 아우가
이승을 떠났는데도
슬퍼 할 줄 모르고

평생을 사랑했던 아내가
몸져 누웠는데도
걱정할 줄도 모른다

세상이 서로를 기억하느라
꽃을 다시 피우고
새는 동네방네 분주하고
바람은 치마폭을 들쑤시는데

"아줌마 누구세요?"
그 말 듣는 날이 무서워
오늘도 무릎 관절에 압박붕대를 감고
나는 요양병원 가는 버스를 기다린다

기억하는 것이 슬픔일까 2

- 휠체어

문을 열 때마다 문 앞에
길 잃은 고양이마냥 동그마니
몸을 말고서 웅크려 있다

아파트 놀이터를 지나
25시 편의점을 돌아
장미 울타리를 따라가던 길

햇살과 바람 키 낮은 감나무 밭
종종 걸음 쳐 지나치던 들길

잎 진 나무아래 멈춰 서서
다시 봄을 그려보던 숲 길

날개를 펴고 꿈을 꾸던
그 무성한 길

어느 별자리를 헛디뎌
추락한 별똥별처럼

대문 밖 휠체어
지나 온 길을 추억 한다

기억하는 것이 슬픔일까 3
– 구두를 추억하다

신발장에서 속절없이 삭아가는 구두 한 켤레가 있다
명품족이라고 그렇게도 아끼던 구두 한 켤레가 있다

중요한 행사에나 신겠다고
특별한 나들이에나 신겠다고
한 번도 신어보지 못한 구두 한 켤레

추울 때는 구두가 얼어 버릴까 털신을 신고
비 올 때는 젖는다고 고무신을 신고
동네잔치 때는 밟혀 더러워진다고 헌 구두를 신고
명품을 신을 수 있는 날만을 기다리다
주름살만 늘어가는 구두 한 켤레

이제는 환자복 한 벌에
구두 대신 시린 발목 감싸 줄 양말 한 켤레

신발장에 모셔 둔 명품 구두가 아직도 구두코를 반짝이며
병실 창가에 걸어 논 벽시계처럼
사라지는 세월을 보내고 있다는 것을 그는 알까

회상

　문을 열고 나온 앞마당은 손가락 활짝 편 수목들의 그림자로 흔들렸다 얕은 어둠을 밟고 아파트 층계를 오를 때 어린 아들 복도 창문에 매달려 엄마엄마 흔들던 고사리 손 생각이 난다 달려와 품에 안기던 말랑하고 포근한 감촉의 어둠이 가슴으로 스며든다 때 절은 손으로 입에 넣어 주던 아이스크림 맛 같이 차고 달콤한 바람이 분다 우물가에서 창포물에 머리 감겨 주시던 젊었던 내 어머니 그 햇당귀 맛 같은 향기가 수돗가를 돌아 코끝을 스쳐 간다 하늘엔 사금파리처럼 달이 박혔다 그 옛날 손 꼭 붙들고 돌아가던 긴 골목길 달빛에 새파랗게 번뜩이는 사금파리에 놀라 울던 옥이 생각이 난다 창문으로 새어나온 불빛에 동백나무 잎사귀 반짝인다 그 해 첫 봄 별이 지던 하늘 그 푸른 새벽 젖은 풀잎 밟고 떠나가던 발자국소리 들린다 내 그림자 분꽃 속에 저문다 잎 진 백목련 가지 사이로 늦은 밤이 비단 속치마를 벗는다 접은 날개 속으로 부리를 묻는 비둘기들

무궁화 꽃이 피었습니다

무궁화 꽃그늘 속에
발자국 소리 숨기는
그림자들 보이네

저 무궁화 꽃그늘에
우리 할배 보랏빛 댓님 꼬리도
숨었네

바람이 그림자들 지우네
나풀대던 단발머리 사라지고
보랏빛 댓님도 간 곳이 없네

장독 뒤에 숨었던
감나무 뒤에서 찾았던
어리고 웃음 많던 내 동무들
어디로 갔을까

꽃상여 길을 열어 주 듯
요양병원 오르는 언덕길에

적막을 다독이며

환하게 환하게

무궁화 꽃이 피었습니다

냉장고를 정리하다

해질 녘 하나 둘 살아나는 마을의
불빛을 보면
왜 냉장고 생각이 나지

냉장고 속에는 아직
식구들의 탐스런 식욕들이 담겨 있다

다진 고기와 생선은
이빨 없는 영감이 좋아하던 것
식빵이랑 소시지는 아들이 좋아 하던 것
과일과 야채들은 내가 즐겨 먹던 것

이젠 품고 있는 향긋한 소망과
남아 있는 체취는
내 가슴 속에 저장해 둬야 겠다

아침저녁 하루하루를 접어가며
서늘한 기다림만 남은 냉장고

해질 녘 환하게 살아나는 마을의
불빛처럼

가을 밤

도르르 도르르 돌돌돌.......
재봉틀 돌아가는 소리에 설핏
잠이 깬 새벽
멀리 진사 공단 불빛이
감기는 눈꺼풀을 간신히 뜨고
꾸벅 꾸벅 어둠을 쪼고 있는데
하현달이 구부정하게 넘보는
창문 너머에서 누군가
쉼 없이 재봉틀을 돌리고 있다

남루한 시간들을 총총 꿰매 가며
흰 등으로
하루를 살아내야 했던 어머니
달 밝은 가을밤이면
더욱 가슴 시리던 날들

쌓인 일감을 밤 새 추려 가며
30촉 하현달로 뜬 전등불 밑에서
귀뚜라미같이 울어대던 재봉틀

내 곤한 머리맡에서
꿈결인 듯 귓바퀴에 감기던 그 소리

그리워 열어 본 창문 너머
나무그림자 떨리는 풀숲에서 귀뚜라미가
그 옛날 어머니의 삶을 촘촘 박음질하던
부라더미싱 소리로 울고 있다
밤을 새워가며 재봉틀을 돌리고 있다
돌돌 도르르르 돌돌돌

한 여름 밤의 현장

생존경쟁에서 살아남으려는 자
피 한 톨 뺏기지 않으려는 자
스스로를 지키려는 몸부림이 여름밤을 달군다

시급 칠천 원에 젊음을 투자하는 알바 생
야간작업까지 하며 내일을 꿈꾸는 일용직 근로자
한밤의 위험을 감수하는 24시간 편의점 점원

살기 위한 그 치열한 사투가
소리 없는 전쟁터로 깊어가는 한 여름 밤

뒷덜미에 배고픈 이빨을 꽂았던 흡혈모기
보호본능으로 내려 친 내 손바닥에
피 한 방울 뿌린다

한 끼 식사에 목숨을 건 당신
참 엄숙하다

잃어버린 안경

안경을 잃어버렸다
어디서 어쩌다 잃어버렸는지 기억조차 없다
안경을 찾아 기억을 되짚어 반나절을 헤맸다
세상 조금만 환하게 보려고 옅게 선팅 한 내 안경

하루 절반을 헤맨 다리가 뻑뻑하다
버스 정류장 나무의자에 앉아 절반의 하루를 쉰다
안경알을 반짝이며 버스가 도착한다
잠시 머물다 곧 떠나간다
내 안경 유리알 같은 창가에 누군가를 앉히고 간다

시야 속으로 들어 왔다가
시야 밖으로 사라지는 것들 끊임없이

이렇게 찾아 헤매면서 사는 구나
떠나보내면서 사는 구나

인생의 반나절은 뭔가를 붙잡으면서 보내고
또 반나절은 뭔가를 떠나보내면서 보내고

나도 모르는 새

노숙하는 의자

구암 사거리 다리 밑에는
토끼풀 울을 삼아 의자들이 노숙한다
형편이 나아진 샐러리맨의 거처에서 밀려난 듯한 의자
이름값도 하지 못해 쫓겨난 의자
한 때는 고급진 아파트에서 호사를 누렸을 법한 의자
가족 없이 노숙 신세가 되었다
바람이 동서남북으로 부지런히 들락거리는 통에
선풍기조차도 넉넉지 않는 사람들에게는 피서지로 안성맞춤이다
전신에 비싼 선 오일을 바르고
선글라스를 낀 자동차들이
다리를 꽝꽝 울리며 지나가도
큰 대 大자로 잠을 자는 사람
화투 패로 재수를 점쳐보는 사람
뽕짝에 손바닥 장단이 신난 사람 사람들
가로수 없이 땡볕을 걸어 온 사람도
함께 넉넉한 의자가 되는 다리 밑
밥풀찌꺼기 김칫국물 과일껍데기 찌그러진 페트병 속에서

더러는 밤을 함께 노숙하는 사람도 있지만
하나씩 자리를 뜨는 사람들 보내고 나면
낮 동안 함께 피었던 애기똥풀처럼
깜빡 깜빡 눈인사를 건네는 별들
영롱한 신호에 눈을 맞추며 내일 또 누군가 가까이 와
한시름 몸 맡길 사람들 꿈꾸는 다리 밑 의자들
노숙이 즐겁다

쌀

쌀벌레가 생겨
쌀 속에다 거처를 만들어
아무도 엿보지 못하게 쌀로 성을 쌓았다

살이 되고 피가 되어 주었던 쌀이
날개로 변할 때까지
쌀의 성전에 제 몸을 맡겼다

쌀은 제 할 일을 알아
제 몸 썩혀 한 마리 해충에게도 날개를 달아 주었지

쌀벌레 보다는 낫다고 으스대던 나는
그 쌀을 먹고
무슨 일을 했든가

쌀 한 톨 내 몸에 심어
하루도 못돼 다 썩혀 내고
자리를 펴고 누워
내 몸 어디쯤에서 파란 싹이 돋아 날 것인지

내 겨드랑이에도 푸른 날개 하나 돋을 수 있을지
몇 며칠 시 한 줄 쓰지도 못하고
같은 자리만 맴돌고 있네

묵은 감자를 깎는다

창밖 베란다 영산홍
어린 소년의 생식기같이
작은 고추를 세상 밖으로 쏘옥 밀어 내 놓고
봄 햇살에 조금씩 살이 붙어
발기하듯 부풀어 오르는 봄날 나는
해결할 수 없는 욕망으로 몸살 하는
감자 한 알을 깎는다
검은 비닐 속에서
어찌할 수 없는 본능에 꿈틀대던 감자 한 알
뿌리도 씨받이도 되지 못하고
불쑥불쑥 솟구쳐 오르기만 하는 헛된 망상
조심조심 깎아나간다
거세당한 동창의 얼굴이 이런 걸까
할 일 없이 대머리만 남은 노년의 모습이 이럴까
가슴 짠한 물기 닦아내며
가만가만 손끝에 정성을 들여 본다
부대끼며 해매며 살아온 세상살이
아직도 그 굴레를 벗어나지 못한 내 속의 허상을 벗겨
내듯

이제 막 출가하는 행자의 머리를 깎아주는
은사스님의 마음을 닮아 보듯
온 몸을 칭칭 감았던 욕구들 한 겹 두 겹 잘라내는 동안
툭 툭 떨어지는 번뇌망상
삶의 자리 어느 것에도 얽매이지 말고
이제부터 한 길만 생각하는 거지
욕망과 본능의 갈등 다 끊어버린
말갛게 깎인 감자 한 알

구멍

돌담이 틈을 만들어
그늘에 구멍을 뚫었다
시멘트 완강한 눈을 피해
빛이
하얀 빛이 몰려들었다

바람도 지나가고 햇살도 지나가고
환한 길이 되었다

그렇게 소통하는 동안
저 밖의 세상도 들여다보였다

눈이 내린다

세상을 향해 제 속의 가시를
서슴없이 드러내던 가시나무
시퍼렇게 자라나는 손톱을 거두고
모처럼 둥글어 진다
함부로 갈라지던 길들도
어린아이처럼 순해지고
송이송이 쌓이는 꽃송이를 뒤집어쓰고
자포자기 죽어가던 쓰레기더미도 한순간
반짝 회생을 꿈꾸어 본다
가시나무도 단풍나무도 소나무도
집도 길도 사람도 오랜만에 함께
동색으로 어우러지는 순간
제 상처에 아파하던 것들이
서로의 상처에 꽃으로 피어나서
겹겹으로 피어나는 꽃잎 속에
얼룩진 몸을 묻는다
지상이
내 것 네 것
아무것도 우기지 않는 너그러움으로
환해진다

동네 뒷산

높이 솟은 산으로 가는 길만이 산행일까
무릎에 바람이 들고 하늘 구경만 하는 나이가 되면
동네 뒷산만큼 좋은 벗이 없다
하루를 쪼개고 다시 쪼개고
시간에 쪼들리는 가난한 사람들에게도
솔바람 길을 열어 주고
비밀한 가슴 속 번뇌 잠깐만이라도 털어 놓을
마땅한 곳이 없어 안타까운 사람에게도
가장 내밀한 자리도 마련해 준다
까막까치도 아침이면 산바람 끌고 와
동네 전신주 위에다 깍깍 풀어 놓고
저녁이면 동네 소문 물어다
누구네 집 할머니가 어젯밤에 돌아가셨대
산 속에다 알리기도 하는
이웃들과 함께 세월을 보내고
상처도 받고 때가 묻어가지만
아무 때나 생각이 나면
눈꼽만 떼고 몸뻬 바지에 낡은 운동화로 달려가 보는
동네 뒷산

그립고 보고파도 너무 멀어

가슴 아픈 사랑이 아니어서 좋다

외롭고 고단한 사람들의 길 위에서

마음 놓고 기댈 수 있는 피붙이 같아 좋다

감

가을날

따스한 등불 하나 밝혀 두리라

그대 어디 떠 돌고 있나

그리움에 목이 메이거든

이 은은한 불빛 따라서 오라

꽃길

　－ 나는 무수한 꽃잎 위에 겨우
　　발자국만 찍었지마는
　　그는 온 몸으로 길을 만들었네

꽃잎이 눈꽃처럼 내리는 길을

몸뚱이 하나로 생을 밀고 가는 사람

하얀 눈밭 위에 맨 처음 길을 연 사람처럼

온 몸으로 밀고 가는 자리에

그의 몸뚱이만한 길이 열리고

그의 몸을 따라

발자국도 없는 길이 따라 간다

어떤 바람 앞에서도

꽃잎같이 살아 흔들리는 생

그 가냘픈 길 위로 꽃잎이 그치지 않고

꽃잎으로 덮으며 간다

보잘 것 없는 좌판기 위에 그가 얹어 논

수세미며 칫솔이며 빈 바구니들이

꽃잎이 되어 겹겹이 피어난다

돌아보면 한 순간도 꽃이 아닌 적 없었든 듯

꽃잎이 몸을 날려 빈자리를 채워 주고

가진 것 한가지로 치열하게 끌고 가는

그의 꽃길

불면은
적막보다 깊다 작가마을시인선34 · 김 정 순

제3부

컴퓨터 그래픽

꽃송이에 묻혀 한 여자 얼굴이 박혀 있네
화폭 위에 잘못 찍어버린 얼룩같이
꽃의 허물, 완벽함 속의 오점처럼
웃는 것이 우는 것처럼 보이는
꽃 더미 속의 여자
이물질을 제거하듯 꽃의 피부에서
점 한 점 지워버리네
시든 꽃잎처럼 웃던 여자는
꽃밭 속 어느 세월 속으로 사라져 버렸는지
흉터 없이 잘 그래픽 되었는데
아름다운 것으로만 가득 찰 것 같던 사진 한 장이
지루한 인쇄물처럼 놓여 있네
세상 곳곳에 널려 있는 꽃밭 한 뼘이 되어
멍한 풍경으로 누워 있네
추억도 생의 희비도 빠져버린
기억상실증에 걸린 싱거운 사진 한 장이

창가의 흔들의자

흔들리지 않으려 안간힘 하며
내가 지키려 했던 것이 무엇이었는지

바람의 발걸음마저
정물화 속에 주저앉는 고요한 창가
흔들목을 세운 의자 위에 허전한 등을 기댄다
한 순간 그 시름의 무게로 나는 흔들린다
아파트의 창들이
굳은 근육을 풀며 흔들린다
정물처럼 눕거나 앉아 있던 것들이
안 밖으로 길을 잇는 창을 따라
함께 흔들린다
단단하게 옹이 진 삶을 굴려
밀려 올 듯 밀려 갈 듯 흔들리는 세상살이
부드럽게 숨을 쉬는 풍경들과 어울려
사람들이 물처럼 흘러 왔다가 흘러간다
삶의 궤도 위에서 주어지는 데로 흔들리며
한 발짝 당겨보고 천천히 물러나 보는 삶
하루하루 조금씩 닳아가며

무거운 듯 가벼운 듯, 멀어지듯 가까워지듯
고단한 일상은 흔들리지만
흔들리는 것들은 아름다웠다
흔들리며 보는 세상이 아름다웠다

모심母心

탱자나무 꽃 피워
서슬 퍼런 가슴에 감추었네
치켜세운 눈꼬리로
봄날을 찔러대던 탱자나무

속으로 남모르던 가슴앓이
감추지 못하네
얼씬도 못하게 꼿꼿하던 탱자나무
무심한 척 엄하던 사랑, 부드럽게
홀로 삭히고 있었네
몰래 몰래 둥글어 지고 있었네
첩첩 가시로 감싸고
새알 같이 예쁜 알 하나
소중하게 보듬고 있는 줄
봄이 가고 여름이 가고
가을이 다 저물도록 알아채지 못했네
저 둥글고 예쁜 알이
다시 가시로 부화 하여도

살아가면서 또다시 노랗게 삭힌
둥글고 예쁜 알이 될 것이란 걸
이제는 나는 아네

나는 지금

지금 어느 집 뜨락에선 누군가의 아픈 상처가
핏빛 꽃잎으로 피어나고 있을지도 모르는데
나는 지금
한 잔의 달콤한 커피 향을 맡으며
비스킷 봉지를 끌어안고 아삭아삭 깨물어 먹는다

지금 또 누군가의 가슴 속에선
낡은 책갈피 속에서 이미 사라져버린 낱말들이
한 소절의 노래로 다시 살아나고 있을지도 모르는데
나는 지금
14층 아파트 꼭대기
푹신한 안락의자에 파묻혀
꽃남 재방송을 보며 졸고 있다

아 지금 문 밖에선
푸른 영혼들이 불을 밝히고
까마득한 들길을 밤새 걸어가고 있을지도 모르는데
나는 지금
문을 닫고 불을 끄고

꽃무늬 아롱지는 캐시미어 이불솜에 싸여
짧은 단꿈에 빠져 있다

지금 나는

시간의 그늘

첫 새벽이 커튼을 젖히자
비단 그늘에 흠집이 생겼다
처음엔 흠집이었던 것이 시간이 지날수록
시시각각 누더기로 변한다

별꽃 같은 꽃무늬가 되었다가
먹잇감이 흩어진 곡식이 되었다가
잘 닦인 바닥에 떨어진 휴지조각이 되었다가
갈기갈기 찢어진 생채기가 되었다가

허기진 비둘기들 달려와
팝콘 쪼듯 부리로 그늘을 쪼기도 하고
청소부 아저씨 휴지인양 그늘을 쓸고 가기도 하고
가끔 눈이 어두운 어르신들이
편히 쉴 꽃 이불인가 싶어
손바닥으로 그늘을 더듬고 가기도 한다

세상은 여기저기 그늘을 내리고
사람들은 부지런히 그늘을 밟고 다닌다

다시 비단 그늘을 짜기 위해

태양이 조심스레 발걸음을 옮겨 가면서

누더기로 변해가는 그늘을 깁는다

그늘의 흠집이 흉터 없이 잘 아물도록

도시의 까마귀

내가 사는 시골에서 듣는 까마귀 울음소리는
들녘 버드나무 위에서 먼 산 정수리에서
불어오는 바람소리거나 물소리거나
가끔은 늙은 촌부의 나무람인양
그렇게 들려오는데

도회지 법원 뒷골목
상담소 문을 열고 나오다 말고
얼굴을 후려칠 듯 검은 날갯짓에 혼이 빠져
상담소 유리문에 뒤통수가 깨진다

양쪽으로 늘어선 등기소 복덕방 경찰서 법무사사무실
좁은 골목길을 검은 오토바이처럼 곡예비행을 하는 까
마귀들
한 칸 건너 다닥다닥 붙은 전봇대
얽힌 전선 위를 넘나들며 울어대는 까마귀소리 섬찟하
다

까마귀도 도시에서 살게 되면
저렇게 극성스러워 지는지

눈 한 번 흘긴 일도 없는데
멱살이라도 잡힐 것 같아

어릴 적 어머니가 가르쳐 준 비방
퉤 퉤 퉤 세 번 침을 뱉었다

늦잠

옹알이도 서툴던 영산홍은 그새 말문이 터졌다
철부지 수선화도
젖가슴을 부둥켜안고 성장 통을 앓고 있었다
아파트 정수리를 넘어 온 햇살이
화초 하나하나 쓰담고 있었고
경비실 아저씨는
걸음마를 시작하는 나무에
손잡이를 만들어 주고 있었다
아침 운동을 나왔던 친구한테서
차 한 잔 할 수 있겠느냐는 문자가 도착해 있고
소리샘에, 오후 강의 준비를 위해서
미리 연락한다는 후배의 음성도 담겨 있었다
세상이 금빛 아가미를 열고
폐부 깊숙이 하늘을 마시는 동안 나는
누군가 내게로 다가와 건네었을
한마디 그 말을 놓쳤다

불면은 적막보다 깊다

500에서 거꾸로 0까지
전국의 산 이름 외우기
관세음보살 108번 216번 540번.....
그러다가
해탈의 문턱에 들어 선 건가
4차원 세계로 들어 간 건가
집이 트림하는 소리
잡식 동물인양
주는데로 덥석덥석 받아 삼키더니
속이 거북한지 냉장고 방귀 뀌는 소리
허전한 옆구리로 딸깍 딸깍
싱크대 그릇들이 딸꾹질 하는 소리
TV 부속품들이 코고는 소리
수도꼭지가 쉬익 오줌 갈기는 소리
하품하는,
켁켁거리는,
하루를 신진대사 하는 적막
적막에도 오장육부가 있다는 걸 감지하는
귀는
5차원이다

큰 나무

산복도로 그 길 후미에 선 나무는
평상 하나를 놓고도 남을 만큼 그늘이 깊고 넓다
길과 집들보다 더 오래 살아남은 터라 아무도 나이를 모
른다
우거진 나뭇잎 속엔 하루 종일 재잘대는 새소리로 조용
할 날이 없다

올 가을에 매화집네 딸내미 치운다며?
오메 잘 됐구마 골칫덩이 치우게 돼서
그나저나 어떤 총각이래? 과수원댁 막내라나 봐
샛골목 큰 아들이 보상도 제대로 못 받고 쫓겨났대 글쎄
뭐? 쯧쯧쯧 혀 차는 소리 찍찍찍 분노하는 소리
배나무집 아빠는 가망이 없단다 어쩌 걱정하는 소리
박꽃네는 이렇고 깨꽃네는 저렇고 울집 아지매 수다소리
도 섞이고
한숨소리 웃음소리 길흉사에 온갖 흉허물이 오가고

나무 아래 평상에도 동네 소문이 그칠 새 없다
이 쪽 구역이 개발 된다지?

여기에 대형 마트가 들어선대

그럼 우린 어찌 되는 겨? 집값은 좀 오를라나

한 몫 잡을지 누가 알겠어? 사람 앞 일 모르는 기라

아이구 난쟁이 아줌마 포장마차는 큰 일 났네

아무도 나무 걱정하는 사람 없어도 섭섭하지 않은지

바람이 불 때마다 푸른 물결 소리로 그늘 속에 풀어 놓

는 시름들을 달랜다

어둠이 내리고 물 한 방울도 다 챙겨 뿔뿔이 흩어져 가

는 사람들

그래도 나무는 싫은 내색이 없다

꿋꿋하게 제 자리 지키고 섰을 뿐

프로필

엘리베이터 거울 속에
한 여자 갇혀 있네
날이 갈수록 입 꼬리가 처지는 여자
방금 전 욕심을 버려라 마음을 비워라
명언을 들려주고 잔칫집에서
제일 큰 봉지를 제일 먼저 들고 온 여자
왠지 낯설어 왠지 부끄러워
눈길을 피하지만 피할 곳 없어
거울 속 그 여자 고개 숙이네

땅 – 엘리베이터 문이 열렸다
거울 벽을 빠져 나와
문 앞 공동구역에 한 발 내딛는 순간
젖어 펼쳐 논 앞 집 우산이
내 집 앞을 침범했다고
벌컥 화를 낸다 그 여자

나는 가끔 생각 하네

거울 벽에 갇혀서 눈길을 피하던 여자

거울 속에서 고개 숙이던 여자

사라진 거울과 함께 잊어버렸던 그 여자

순리

앞마당 빈 터를
변함없이 지키고 선 늙은 매화나무
지난겨울
시름시름 앓다 죽은 가지를
스스로 부러뜨렸다
부러진 자리에선
더 연하고 더 많은 새순이 돋아났다
죽어서도 부러지지 못한 가지는
수없이 세월이 흘러가도
상처를 안은 채
그대로 죽은 가지로 남아 있을 뿐이었다

11월, 북천에서

축제가 끝난 뒤
관객이 모두 빠져나간 무대 위에서
화장기를 지운 꽃들이
빈 객석을 바라보고 섰다
허기진 허리
바삭바삭 바람이 감기고
간간이 지나가는 자동차들이
눈길 한 번 주지 않고
퉤퉤 무심하게 흙먼지를 뱉아 낸다
박수소리 자지러지던
절정의 끄트머리
막을 내리고 앙상한 뼈대로 남은 북천

꽃잎 한 장 없이
또 한세월 견디려나 보다

현대인

1

자주 가던 길을 간다

왠지 낯설다

분명 여기에 구멍가게 하나 있었는데

언뜻 보니 〈공사 중 위험〉

걸음을 멈추고 올려다보니

콘크리트 뼈를 둘러 싼 유리벽들이

싸늘하게 빛난다

구멍가게를 단 주먹에 쓰러뜨린 위력으로

유리들이 반짝이는 파편이 되어

덤벼들 것 같아 황급히 자리를 피한다

2

천천히 계단을 오른다

계단은 끝없이 이어져 마침내는 허공을 찢을 것 같다

난간에 잠시 기대 쉰다

내려다보니

계단을 오르는 입구가 아득히 미로의 시작처럼

무엇인가 꿀꺽 삼키고 싶은 욕망으로 벌어져 있는 것 같다

뿌리까지 뽑혀 와르르 입속으로 빨려 들 것 같다
순간 난간이 휘청 움직이는 것 같다
얼른 난간에서 떨어져 뒤로 물러선다

3
맞은편에서 한 사내 걸어오고 있다
눈빛이 사납다
세상을 비웃는 듯
누군가를 심판하고야 말겠다는 표정으로
점점 가까이 다가 온다
검은 웃음 흘리며 온다
나는 속으로 외친다
'나는 아무 죄 짓지 않았어요'
사나운 눈빛이 조롱하며 점점 다가오고 있다
내가 다른 길로 피할 궁리를 하고 있는 사이 그 사내
아무 일 없이 내 곁을 스쳐 간다
온 몸이 땀에 흠뻑 젖었다

꽃잎

아침에 눈 떠 내가 보이지 않거든
떠난 줄 알게
어디로 갔는지 알려고 하지 말게
소식 전할 메모 한 장 남겨 두지 않았다고
섭섭해 말게
작별의 말들이 무슨 소용인가
말없이 몰래 떠나는 적막의 아름다움
너를 사랑한 아름다움으로 생각해 주게
가깝고도 멀리
있는 듯 없이 그렇게 살다 가세

그래도 차마 뜨거운 마음 숨길 수 없으면
어이, 어이, 한 번 쯤 나를 불러나 주게

찻물을 끓이며

시끌시끌
부글부글
와글와글
자글자글

비등점에서
번뇌망상이 부서진다
………
부스러기마저
조용히 갈아 앉는다

한 잔 차로 승화 될
물의 경전

낙서암 가는 길

나는 모른다
이 길의 끝에는 무엇이 있는지

분명한 것은
지금 내가 이 길을 가고 있고
이 길을 따라가면 가는 길 어디쯤에
우리 절 낙서암이 있다는 것

진주 완사 북천
내 삶에 익혀 왔던 이름들이
차창 밖 망초꽃 무리처럼 흔들리며 지나가고

터널을 하나씩 벗어 날 때마다
푸른 세상의 햇살이 반짝 인다

횡천으로 가는 길은 녹음 속으로 뻗어 있고
간이역을 울리는 청아한 뻐꾹새 소리

나를 따라 오라고

천천히 천천히 따라서 오라고
마치길 언덕을 오르며 바람은 길을 열어 주는데

너의 적멸보궁은 어디 인가
부처님 한 마디 던지는 화두처럼
낙서암 처마 끝
풍경소리 울린다

배추흰나비

배추벌레 무거워진 몸으로
하안거에 들었다

햇빛조차 들지 못하게
굳게 문을 잠그고

간절한 기도소리
하루해가 뜨고

애끓는 독경소리
하루해가 저물고

기도소리 독경소리
죽은 듯 멈춰진 벽 속

벽이 무너지는 소리
하늘을 울리네

모두 비운 가뿐한 몸
세상을 들어 올리네

군자란

아직 잠에서 깨어나지 않았을까
여태 외출에서 돌아오지 않았을까
소식 감감하더니
반짝 불이 들어 왔다

따스한 말 한마디 건네듯
잘 있었냐고 안부를 묻듯
이 저녁
슬그머니 주저앉는 어둠을 밀치며
그의 창이 환하다

적막도 가슴 속에
연홍빛 연서를 품는다
그리워 할 사람도 없는데
괜시리 마음이 설레어
꽃잎꽃잎 피어나는 얼굴들

전화라도 걸어 볼까
한 줄 소식이라도 전하고 싶은 봄 밤

삼월이다

불면은
적막보다 깊다

작가마을시인선34 · 김 정 순

제4부

낙화

삼천궁녀의 치맛자락이
저리도 아팠을까

곱게 몸단장하고
치마폭 뒤집어쓴 채
뛰어 내린다

미련 없이
세상에 눈 감는 순간 비로소
날개를 얻었을까
벽 다 허물고
허공에다 길을 낸다

어디로 가려는지 아직
봄이 아프다

하지

시내버스를 타지요
천 원짜리 옥수수 튀밥 한 봉지
알갱이 한 알도 잘게 깨물어가며 천천히
천천히 다 먹을 수 있는 코스를 타지요
에어컨에 바싹 붙어 앉아 튀밥 봉지를 탈탈 털고
종점에 내려 시간을 위장하기 위해
한 바퀴 땜질 산책을 합니다
기사아저씨 시선을 조금 따돌리고
똑 같은 코스로 되돌아오지요
에어컨 팡팡 돌아가는 집 앞 마트에 들러
필요한 물건이 많은 것처럼
구석구석 느릿느릿 둘러보다가
비타500 한 병 달랑 들고
버스 환승 이용으로 백화점엘 갑니다
일층 곳곳마다 눈 속에 차곡차곡 쟁이고는
이층으로 가서 모두 쏟아 버리고
다시 이층 쇼핑물을 눈에 담습니다
9층 스카이라운지까지 깡그리 담았다가 비우고는

클래식 음악이 흐르는 쾌적하고 고급스런 화장실 변기
에 앉아
음악 감상을 합니다
다시 환승을 하고 집 몇 정거장 전에 내려
국수가게 선풍기 앞에 자리 잡고
이 불치병 같은 시절이 언제나 끝날지 생각 하면서
먼저 나온 반찬들로 야금야금 배를 채웁니다
밖은 그새 어두워집니다
하루하루 짧아지는 꿈을 근심하면서
내일의 코스를 점쳐 봅니다
길게 꿀 꿈도 없지만
낮이 참 길기도 합니다

입춘

쑥부쟁이 천원
달래 천원
취나물 이천 원
냉이 천원

오천 원으로
가난한 장바구니가 넉넉해지는
봄날, 저자거리가 환하다
손톱 밑에 풋내가 배이도록
봄을 흥정해 온 식탁에
식욕이 부푼다
달래 향긋한 된장 뚝배기가
왁자지껄 수다 떨던 봄 시장 풍속으로
와글와글 끓어오르고
까맣게 그을은 손으로 한 웅큼
덤으로 얹어 준 냉이가
나물 접시 위에서 더욱 푸짐하고
들판 봄 햇살도 고소하게 담겼다
쌉쌀한 봄 향기가
저녁 한 끼 꽃을 피운다

입추

매미가 허물을 벗었다
곡기를 끊고
하루아침 허물어질
그 불타던 욕망
14층 내 집 방충망 그물에
훌훌 벗어 놓고
까치발로 승천했다

끝까지 버리지 못했던 미련
애끓는 사랑
긴 밤 내 꿈자리까지
흥건하더니
천형의 아픔 고스란히 보듬고
대물림 될 숙명의 고리를 끊었다

바람이 날카로워진 이빨로
숨통을 묶었던 쇠사슬을 툭 끊었다
육신의 연에서 풀려난 날개가
부르르 떨렸다

입동

동네에서 가장 키가 작은 진씨 아저씨가
다시 붕어빵을 굽기 시작 했다
아파트 뒷문 구석쟁이에
여름내 나뒹굴던 쮸쮸바 껍데기며
냉커피 깡통들이 말끔히 치워지고
폐가처럼 쓰러져 누웠던 포장재들이
관절마다 흰칠해져서
바람벽이 되고 지붕이 되고 구들장이 되어
따뜻한 등불로 일어섰다
바람이 날카롭게 이빨을 세우다가
붕어빵 구수한 냄새에 기분이 풀려
학원으로 정류장으로 시장바닥으로
시린 발걸음 사이를 누비며
푸근하게 부풀어 오른 입김을 뿌린다
연탄아궁이 마냥 빨갛게 익은 포장마차 속에서
단간 셋방 아랫목처럼 옹기종기 몸 붙인 사람들이
저마다 따끈한 붕어빵 한 마리씩 품어 안고
잘 익은 홍시 빛 꽃불을 켜 든다

진눈깨비

날벌레처럼 눈치 없이 날아서

차가운 길바닥에 납작하게 엎드려서

시체처럼 쌓여서

짓무른 눈가에 개비개비 눌러 붙어서

하루살이처럼 하루 밖에 몰라서

문전걸식하다 그냥 녹아 버리네

춘설

아직 다 못한 말 남아있었던지
영산홍 뺨 붉히는 창 밖에
눈이 내린다

백목련 훌쩍이듯이
훌쩍훌쩍 젖어 내린다

그 시리던 봄에, 백목련 꽃잎
눈발처럼 희끗희끗 흩어지던 봄에
가슴 밟고 무수히 찍으며 떠나가던
발자국처럼 찢어져 내린다

땅바닥에 머리칼 풀어헤치고
풀썩풀썩 주저앉는다

떠나보내는 마음도 맞이하는 마음도
아프기는 매 한가지인가

봄 꿈 서러운 길목에 서서
잠간 돌아보는 짧은 찰나
글썽글썽 백목련 피었다 진다

공인公認된 하루

동물의 세계 재방송을 보다가
짐승들의 잔인한 생존법에 몸서리치며 TV를 끄고
푹 고아낸 곰국 솥에서 아무 생각 없이
백골이 된 뼈 조각을 건져내는 아침
신문과 함께 배달된 전단지
마룻바닥에 큰 大자로 뻗어 있다
바로 코 앞 S마트 10주년 파격 감사 세일
여러 혜택 품목 중에서 단연 시선을 끄는 한 구절
5명 한정판매 쌀 10kg 단 돈 만원!
득달같이 달려가서 뒤 돌아볼 여유 없이 잽싸게 줄을 선다
바로 뒤에 줄 선
생활보호대상 할머니의 시장용 손수레를 성가셔하며
내 차례까지 주어진 마지막 한 포대 획득 기쁨으로
하루가 들뜬다
문화인의 흐뭇한 자부심으로
이름 내걸린 자선단체와 종교단체에
각각 1000원짜리 전화 기부를 하고
저무는 식탁에 앉아 미처 읽지 못한 신문을 펼친다
사회면의 그 숱한 이기주의자들

욕심으로 얼룩진 사건 사고들
끌끌 혀를 차며 신문을 접는다
아무것도 잘못한 것 없고
나의 이기심으로 남에게 피해 준 적 없는 나는
무심한 마음으로 식탁의 불을 끄고
평화롭게 잠이 든다
누구도 나무랄 수 없는 하루가 무심하게 흘러 간다

전화

따르르르르 따르르르르
붙박이 전화가 계속 울린다
설거지를 하다말고 물 묻은 손을 털며 마루로 나간다
전화 소리가 멎어 있다
누구 였을까

다시 설거지를 한다
전화기가 다시 울린다 더 요란하게
이번엔 지체 없이 달려간다
누군가 꼭 할 말이 있는 모양이다
가까이 가자말자 전화소리가 또 멎었다
무슨 일로 했을까

급하면 나중 다시 하겠지
전화기 옆에 잠시 머물다 빨래를 한다
찌르르르릉 찌르르르릉
이번엔 핸드폰이다
급히 고무장갑을 벗는다
조금 전까지 그렇게 숨차게 울던 핸드폰이 조용하다

급히 부재중 확인을 한다
아무도 없다 아무도

홀린 듯 무더위 속에 서 있는 귓가에
천지를 삼킬 듯 매미 소리 요란하다

포도주 뜨는 날

꽁 꽁 묶어 두고 수 년 잊어버렸던
포도주를 개봉 한다
한 생을 풍미했던 세월 무거운 욕망들
고요하게 가라앉힌 맑은 향기가
항아리 속을 가득 채우고 있다
세상 잡내 섞지 않고 몇 수년 단련된 세월
저 홀로 삭히고 깊어져
맑은 술이 되었다

시 한 편 제대로 발효시켜 본 적 없이
네 탓 내 탓 부대끼며 보내버린 세월
손만 대면 쩍 갈라지는 상처는 아직도 싱싱한데

말 한마디 적시지 못했던
까칠한 혓바닥으로 한 방울 맛을 본다
혓바늘 꽂던 신맛 떫은맛 단맛
오랜 세월 서로 마음 섞어
그윽하게 향을 피우는 포도주 한 잔

아직도 익혀내지 못한 삶 속으로
여전히 발효되지 않는 상처 속으로
흘러들어간다

몸 속 전부의 진액을 뽑아내어
사심 없이 순하게 영글은
한 방울 청정심 흘러 들어간다

하현달

아래채 뒤란으로 뒷걸음 쳐 온 달이
알이 빠져 나간 빈 소켓에
삼십 촉 전등 빛으로 걸렸다
산달을 넘겨 뇌 세포가 살짝 쪼그라든
열아흐레 얼간이 달
간혹 쓰레기 더미를 뒤지는 길고양이에게
뼈다귀 하나쯤 비쳐 주기도 하던 달이
뒤란으로 물러나 앉아서
폰을 잡고 까톡 해독을 못해 쩔쩔매고 있는
내 어깨 너머를 멀뚱멀뚱 건너다본다
손바닥만 한 화면 하나 차지하지도 못하고
그냥 못 본 척 외면하지도 못하고
뭘 어떻게 해야 할지 잘 모르는 얼굴로
멈칫멈칫 할 일 없이 떠 있다
까꿍 거리는 폰을 잡고 허둥대는 나를 떠나지 못하고
달은 뒤란으로 떠 있다

눈에 띄지도 않는 희멀근한 내 눈썹 위로
세상 물정 모르는 달빛이 따라와
천진난만한 웃음을 흘린다

문 앞에서

길인가
벽인가
열 것인가
닫을 것인가
이어질 듯 끊어질 듯
손잡이에 붙어 있는
의문
의문의 부호들 속에서 문은
닫힌 듯 열려있고
열린 듯 닫혀 있다

길의 잠언

길이
당신은 혼자가 아닙니다 라고 말한다
당신이 혼자가 아니듯이
나도 혼자가 아닙니다
동행을 하지 않으면 우리는 아무것도 아닙니다
당신이 없으면 내가 길이 될 수 없듯이
내가 없으면 당신도 이생生의 완전한 당신이 될 수 없습
니다
당신과 나의 길이 끝나는 순간까지
당신은 나의 길이요
나는 당신의 길입니다
길 없이 무엇에 닿아 보셨나요
당신 없이 무엇을 열어 볼 수 있었던가요

세상엔 혼자가 아닌 것은 아무것도 없다고
확실하게 믿었던 나는 알겠네
그의 말 뜻 알아듣겠네
그 곳이 어디이든
내 발걸음 한 걸음에
기꺼이 옷고름 풀어 주는 저 길의 헌신

유리의 벽

그 속의 세상은 얼마나 고요한가
고요하게 말하고
고요하게 움직이고
고요하게 나를 바라본다
이 밖은 시끄럽고 어지럽고 탁하다
동경 그리움 같은 낱말들이
유리문 안에서 손짓 한다
유리문을 밀고 그 속으로 들어간다
갑자기 유리창 부서지는 소리가 들린다
고요가 깨어진다
내가 유리를 깨고 들어 왔나
뒤를 돌아본다
유리벽은 그대로 맑고 고요하게 서 있다

저 밖의 세상이 고요해 졌다

21세기 식

은행으로 관공서로 심지어
청와대 방문 까지도
이빨 닦고 세수하고
예의를 차린다고 부산 떨 필요가 없다

부황 뜬 얼굴에
머리는 까치머리
속옷만 걸치고, 아니
홀랑 벗은들 누가 뭐라나

키보드를 점령한 손가락만
잘 관리하면 된다

남의 눈치 볼 것 없이
쇼핑몰을 다 휩쓸고
세계 곳곳을 누빌 수 있는 자유

사람 구실을 못해도 나무랄 이 없으니
시시콜콜 간섭하던 아버지 잔소리도

가끔은 그리워 져서

21세기 전원 플러그를

뽑았다가 연결했다가

빗물도 고향 쪽으로 흐른다

이순 넘어 하얗게 센 머리로
고향 다녀오는 길
비가 내린다

홀로 쓸쓸한 오라비 무덤도 돌아보고
아버지 자전거 뒤꽁무니에 매달려 달리던
갱변 길도 거닐어 보고
어머니 옥양목 앞치마같이 하얗게 흔들리는
아카시아 비탈길에도 서 보고

고향 흙 한 번 밟아 보길 소원하시던 아버지 어머니
먼 일산 땅 어느 이름 없는 소나무 아래서
오늘도 고향 땅 바라보고 계시는지

강짓골 미산리 새미골 이수정...
그리운 이름들이
뒷걸음 쳐 멀어진다

떠나오는 거리만큼이나
아득해지는 우리들의 해후

달려와 유리창을 붙들고
흘러내리는 빗줄기
빗물도 고향 쪽으로 흘러내린다

아버지 당신에게서 배웠습니다

  – 나는 내 손자 손녀가 훗날 내 아들에게
    이런 글을 쓸 수 있었으면 좋겠다

가만 가만 발소리 죽이시며
잠에 취한 볼에
달콤한 입맞춤으로 평화롭게
세상의 아침을 깨우는 법을
아버지 당신에게서 배웠습니다

비 내리는 정류장에
우산 없이 뛰어 내렸을 때
세찬 빗물을 가르며
머리 위로 환하게 펼쳐지던 우산
그 다정한 기다림을
아버지 당신에게서 배웠습니다

한 송이 풀꽃으로
사랑하는 사람의 가슴을
온통 꽃밭으로 만들어 주시는 법을
아버지 당신에게서 배웠습니다

동네 어귀 작은 실비집

구석진 자리에 앉아
가슴 뜯으며 홀로
술잔 기울이고 있을 때
어느 틈에 오셨는가, 허기진 빈 잔에
말없이 술을 따르시며
함께 술잔을 나누시던 모습
쓰디 쓴 술도 따뜻이 나누는 법을
아버지 당신에게서 배웠습니다

낯선 길 위에서도
누군가 곁에 있다는 든든한 믿음
꿋꿋한 뿌리로 설 수 있는 힘을
아버지 당신에게서 배웠습니다

당신 등에 짊어진 현실이
한없이 버거워 질 때도
사는 것이 가랑잎 같아 홀로 외로워 질 때도
나는 괜찮아, 그 한마디만으로
나에게 수만 마디 일깨움을 주시는

아버지
인생의 구비마다 아름답게 돌아가는 법을
아버지 당신에게서 배웠습니다

겨울비

억울한 마음을 삭이지 못해
댓글을 달고
끓어오르는 욕지거리 꾹꾹 누르며
밴드에 글을 올리고
시가 되지 못하는 글을 쓰느라
새벽을 허비한 날
밖에서 휘익 휙
회초리 내려치는 소리 들린다
얼어붙은 가슴살이 찢어져
바람의 혈관을 타고
핏방울을 뿌린다
상처로 붉게 젖은 도시가
하나씩 불을 켜기 시작 했다

아픔을 딛고서 피워내는 존재의 승화를 위한 노래
- 김정순의 시 세계

정 훈
(문학평론가)

생로병사의 섭리를 깨닫는 자에게 삶은 거대한 학교요 놀이터다. 누구나 비껴갈 수 없는 생명의 순환으로 존재는 성숙해진다. 성숙은 상처와 절망을 만들고서야 완성되는 생명의 상태다. 그렇기에 존재가 맞이하는 부정적인 세계는 결국 돌이켜보면 존재의 성숙을 위한 채찍이요 회초리였다는 사실을 알게 되는 것이다. 모든 것이 자신의 존재 비약을 위한 훌륭한 거름이 된다는 점을 시인만큼 잘 아는 사람도 없을 것이다. 김정순 시인의 시집 『불면은 적막보다 깊다』에도 이런 시각이 촘촘히 들어있다. 시인을 스쳐가는 사람과 자연과 대상은 비록 다채로운 의미를 띠고 있을지라도 진실한 삶을 위한 반면교사요 거울이다. 일상의 풍경들 속에서 샘솟는 정서와 감정들이 잔잔하게 펼쳐지면서, 때로는 인생을 곱씹으며 세계와 자아의 운명 같은 관계를 숙고하는 시편들이 별처럼 수놓고 있다. 상처 입은 것들을 보며 마음 아파하는 시인의 모습에서 연민을 떠올리고, 생의 진실한 편린을 건드리며 생명을 지닌 존재가 마주하는 세계의 비의 한 자락을 느끼게 한다. 이런 점에서 그의 시집은 한 인간이 처한 벌거벗은 실존의 상태를 솔직하고 사심 없는 심정으로 노래한 소곡小曲이라 할 수 있을 것이다. 유한한 존재를 곧고 바른 방향으로 끌어올리기 위해서 절대 존재가 마련한 의미심장한 선물, 이것이 바로 자연이요 인간의 삶이라 할 때 김정순의 시편들에서 그러한 각각의 향취를 맡을 수 있다. 생명은 낮고 습하면서도 굴곡진 상태를 지나야지만 고귀한 존재의 영역에 닿을 수 있다는 점을 시인은 말한다. 가령 다음의 시가 대표적이다.

상처 없이 부서질 수 있는가

속속드리 부서지지 않고 무지개 꽃 피워낼 수 있는가

폭포는 전신으로 깨어지면서
눈이 부시게 물보라를 뿜어낸다

온 몸 던져 아픔을 참아내지 않고는
아름다운 삶의 빛깔 빚을 수 없으니

피하지 말고 부딪쳐 그 상처로 찬란하게 아롱져 보라고

연방 오색 상처들을 피워 올리며
온 힘으로 웃는다

　　　　　　　　　　　　　　　　　- 「폭포」 전문

　생명을 폭포로 비유하면서 시인이 말하고자 하는 사실은 아
픔을 참고 견디는데서 찾게 되는 존재의 환희다. "온 몸 던져
아픔을 참아내지 않고는/아름다운 삶의 빛깔 빚을 수 없"다.
아픔은 그 자체로 부정적이고 존재의 어두운 측면에 해당한
다. 그것은 피하려 할 수는 있겠지만, 의지와는 무관하게 생
겨나는 생명의 한 요소이기에 결국 받아들일 수밖에 없다.

　그런데 아픔과 절망에 상처를 입은 존재가 이를 견디지 못
해 희망의 싹을 스스로 잘라버리는 경우가 더러 있다. 과감하
게 부서지고 꺾이면서 자신을 버리는 것이 어떤 의미에서는
존재의 존재됨을 스스로 부정하고 중단하는 것처럼 보이기도
한다. 하지만 궁극적인 목적에 다다를 수 있음을 시인은 말하
는 듯하다. "상처 없이 부서질 수" 없으니, "피하지 말고 부딪
쳐 그 상처로 찬란하게 아롱"지는 상황에 이르기 위해 우리
생명 가진 것들이 취해야 하는 마음과 태도를 생각해본다.

　생명공동체에 속한 제각각의 생명들이 서로의 아픔을 위무
해주고 보듬어주는 세계, 이러한 우주공동체적 생명의 세계
관을 떠올리는 것이다.

마을이 내려다보이는
벚꽃나무 아래 앉았다
암세포를 몸속에 담은 중년의 남자가
서너 개 링거 줄을 달고 휠체어에 의지한 채
벚꽃 그늘 속에 들었다
딸인가 아내인가 함께 말없이
저 아래 벚꽃 마을을 내려다본다
우리는 모두 똑같이 벚꽃 마을을 내려다본다
벚꽃 환한 마을을 내려다보며
저이는 무슨 생각에 흔들리고 있을까
벚꽃 마을을 내려다보고 있는 우리는
저마다의 상념으로 조금씩 흔들리고 있으리라
각기 다른 생각에 잠겨 있는
그러나 같은 길을 가고 있는 우리들

― 「벚꽃 그늘에 앉아」 전문

　생명 지닌 존재 자체로서는 제각각의 생명체지만 사실 서로가 함께 어우러지고 공생의 관계에 있음을 자각할 때 우리는 외롭지 않음을 「벚꽃 그늘에 앉아」는 말한다. 벚꽃의 푸르고 싱싱한 식물성의 생명력과 "암세포를 몸속에 담은 중년의 남자"는 비록 상반되는 이미지지만, "모두 똑같이 벚꽃 마을을 내려다"보는 시인들에 모이는 인간 존재들이 있기에 남자는 그닥 외롭지 않다. 각자의 상념에 빠져있더라도 모두 하나의 생명성을 보유하고 응시하는 점에서 행복한 공동체를 위한 일원으로 놓이는 것이다. 시인에게 이것은 "각기 다른 생

각에 잠겨 있"지만 "같은 길을 가고 있는 우리들"이란 진술로
드러난다. 개개의 생명이 겪을 수밖에 없는 상처와 아픔이란
더욱 푸르른 생명의 꽃을 피우기 위해서 이겨내야 하는 과정
이다. 순간의 고통이 간혹 영원히 이어질 것처럼 잔인하게 생
명을 짓누를 때도 있지만, 이 또한 생명이 품은 신비롭고도
자애로운 속성으로 수렴하는 찰나적 과정일 뿐이다. 시인은
이렇게 생명의 신비와 아름다움을 인간에 적용하면서 따뜻한
연민의 시선으로 바라본다. 영원한 아픔이란 존재하지 않는
다. 비록 공기 중에 흩날리는 먼지처럼 생의 모서리에 들앉은
불청객인 고통이지만, 이를 겸허하게 껴안으면서 영원으로
이어지는 생명의 찬란한 신비를 들여다볼 필요가 있는 것이
다.

아내의 나이는 알지 못하지만
처음 잡았던 손의 감촉 기억하고 있네

아내의 이름은 알지 못하지만
늙어버린 얼굴은 기억하고 있네

생을 송두리째 잊었지만
나누었던 한마디 말은 잊지 않았네

한 순간 또 한 순간
반딧불처럼 반짝 일어났다 사라지는

기억 하나로 살아 있는지

어쩌면 우리는 모두
이 찰나의 반짝이는 기억 하나로
전 생을 바쳐 여기까지 왔는지

– 「따뜻한 슬픔」 전문

무어라 규정할 수 없는 생명의 신비는 시간이 안겨다주는 존재의 변화에서도 감지할 수 있다. 「따뜻한 슬픔」에서 포근하고 말랑한 분위기를 자아내게 하는 힘도 시인의 시선에 어린 시간의 속성과, 시간이 인간에게 불러일으키는 풍경 속에서 인간으로부터 결코 앗아갈 수 없는 사랑을 느꼈기 때문일 것이다. 그 힘은 사실 '기억'이라는 감각 능력에서 비롯한다. 자신의 삶의 행적 대부분을 망각해버린 한 사내에게조차 기억의 작동은 그를 온전한 생명체의 거룩한 존재로 놓이게 한다. 아내의 나이와 이름, 그리고 자신의 "생을 송두리째 잊었지만" 손의 감촉과 얼굴과 "나누었던 한마디 말은 잊지 않"는 이유는 시인이 진술한 것처럼 "한 순간 또 한 순간/반딧불처럼 반짝 일어났다 사라지는/기억 하나로 살"고 있기 때문이다. 기억은 시간 인식의 또 다른 이름이고, 시간 인식은 새록새록 돋아나면서 변하는 생명의 자기 변화와 소멸까지도 예감하는 지성 작용이다. 순간에서 영원으로 끝없이 이어지고 펼쳐져 있는 생명 지닌 존재에게 방문하는 감각 능력의 퇴화가 어쩌면 그것 자체로 슬픔일 수도 있겠지만, 시인은 '따뜻한 슬픔'이라 명명하여 그 속에 온기처럼 흐르는 존재의 이유 하나를 들추는 것이다.

존재의 생명성과 상처를 응시하면서 그 발가벗은 얼굴을 보며 따뜻하게 읊조리는 김정순의 시편들에는 또 하나의 고백이 들어 있다. 자기반성이 그것이다. 자기반성은 자신의 모습을 되돌아보는 행위다. 꾸미지 않고 솔직하게 자신을 들여다봄으로써 인간이 어떤 품격을 지녀야 하는지 헤아릴 수 있다. 성찰의 전제는 겸허와 솔직한 자기인식이다. 여러 시인들이 이러한 성찰적이고 고백적인 시를 써왔던 까닭도, 문학이 원래 거짓 없이 진실한 자기표현의 예술이기 때문이다. 나로부터 발원하는 세계 인식의 과정을 거치면서 다시 나로 돌아오는 순환적 세계 이해가 가능해진다.

> 지금 어느 집 뜨락에선 누군가의 아픈 상처가
> 핏빛 꽃잎으로 피어나고 있을지도 모르는데
> 나는 지금
> 한 잔의 달콤한 커피 향을 맡으며
> 비스킷 봉지를 끌어안고 아삭아삭 깨물어 먹는다
>
> 지금 또 누군가의 가슴 속에선
> 낡은 책갈피 속에서 이미 사라져버린 낱말들이
> 한 소절의 노래로 다시 살아나고 있을지도 모르는데
> 나는 지금

14층 아파트 꼭대기
푹신한 안락의자에 파묻혀
꽃남 재방송을 보며 졸고 있다

아 지금 문밖에선
푸른 영혼들이 불을 밝히고
까마득한 들길을 밤새 걸어가고 있을지도 모르는데
나는 지금
문을 닫고 불을 끄고
꽃무늬 아롱지는 캐시미어 이불솜에 싸여
짧은 단꿈에 빠져 있다

지금 나는

– 「나는 지금」 전문

　타인의 고통을 외면하지 않고 함께 아파하면서 공감하는 마음은 시인에게서 더욱 뚜렷하게 드러난다. 여리고 예민한 감성을 지닌 존재이기 때문이다. 그렇다고 시인 자신의 시 세계에 소홀하면서까지 외부세계의 고통과 아픔에만 좇는 시인은 없다. 김정순 시인의 시적 성향은 「나는 지금」에서도 확연히 드러나듯, 타인의 상처에 대한 관심과 애정이 그만큼 시에서 널리 번져있는 점을 생각한다. 즉 타자와 자신의 상태 대비를 통해 자기 자신을 추스르고 성찰하려는 의지가 강하다고 보아야 하겠다. "지금 문 밖에선/푸른 영혼들이 불을 밝히고/까마득한 들길을 밤새 걸어가고 있을지도 모르는데/나는 지금/

문을 닫고 불을 끄고/꽃무늬 아롱지는 캐시미어 이불솜에 싸여/짧은 단꿈에 빠져 있다"는 고백에서 중첩적인 의미를 찾게 된다. 타인의 고통에 대한 자기성찰 적 진술이기도 하겠지만, 죽음과 삶의 대비를 통한 존재론적인 고민이 엿보인다. 안락한 삶을 보내는 자신에 대한 회의와 냉소를 넘어 존재의 근원적 성찰을 보여줌으로써 단순한 자기 고백적 작품으로만 포설할 수 없는 시적 형상화이다. 이러한 존재 성찰적 면모는 자연의 일기日氣 변화나 풍경의 묘사를 나타내는 시에서 더욱 두드러진다. 여기에 불교적 세계관이 녹아들면서 세상의 그윽하고도 오묘한 이치를 궁구하게 하는 시들이 드문드문 시집에 깔려있다. 이런 점은 시인이 생각하는 인생관이 좀 더 확고해지고 분명해짐으로써 가능하다. 존재와 세계에 대한 시각이 그의 종교적 시선과 버무려지면서 우려내는 성찰들이 독자로 하여금 진중한 세계 이해를 불러오게끔 하는 것이다.

배추벌레 무거워진 몸으로
하안거에 들었다

햇빛조차 들지 못하게
굳게 문을 잠그고

간절한 기도소리
하루해가 뜨고

애끓는 독경소리
하루해가 저물고

기도소리 독경소리
죽은 듯 멈춰진 벽 속

벽이 무너지는 소리
하늘을 울리네

모두 비운 가뿐한 몸
세상을 들어 올리네

– 「배추 흰나비」 전문

배추벌레를 보면서 비움의 미학을 설파하는 시다. 시인은 배추벌레 유충이 흰나비가 되어 날아다니기까지의 생태 과정이 흡사 하얀거에 든 마냥 고요하고 적멸의 상태로 비유한다. 생명이 자라는 모습에서 우주의 호흡과 외부세계의 조력이 얼마나 귀중한지 생각할 수 있게 한다. 여기에는 기도나 독경 소리도 크게 한몫을 한다. 마침내 "모두 비운 가뿐한 몸/세상을 들어 올리"는 존재의 상승과 비약이 이루어진다. 보잘 것 없어 보이는 생명체의 관찰에서 발견하는 존재의 신비는 사실 말로 설명하기 힘든 눈에 보이지 않는 원리가 작용한다. 시인에게 배추벌레는 존재가 어떻게 이 세계에서 기능하고, 또한 어떻게 거기에서 도출하는 생명의 고찰을 마련하는지 일

깨워주는 훌륭한 대상이다. 존재는 저마다 생명의 질서에 순응하고 저마다 빛깔을 뽐내며 세상의 수레바퀴의 한 축을 담당한다. 시인이 「배추흰나비」에서 바라보고 인식하는 존재의 의미가 우주적이고 종교적인 색채와 합치하는 자리에서 새어나오는 것이다. 존재의 탄생에서 생명의 무한한 역능과 신비를 깨닫는다. 시인은 작은 생명체에 깃든 오묘한 진리를 캐내면서 이를 시적 형상화로 독자에게 내보이는 것이다.

> 동네에서 가장 키가 작은 진씨 아저씨가
> 다시 붕어빵을 굽기 시작했다
> 아파트 뒷문 구석쟁이에
> 여름내 나뒹굴던 쮸쮸바 껍데기며
> 냉커피 깡통들이 말끔히 치워지고
> 폐가처럼 쓰러져 누웠던 포장재들이
> 관절마다 훤칠해져서
> 바람벽이 되고 지붕이 되고 구들장이 되어
> 따뜻한 등불로 일어섰다
> 바람이 날카롭게 이빨을 세우다가
> 붕어빵 구수한 냄새에 기분이 풀려
> 학원으로 정류장으로 시장바닥으로
> 시린 발걸음 사이를 누비며
> 푸근하게 부풀어 오른 입김을 뿌린다
> 연탄아궁이 마냥 빨갛게 익은 포장마차 속에서
> 단간 셋방 아랫목처럼 옹기종기 몸 붙인 사람들이
> 저마다 따끈한 붕어빵 한 마리씩 품어 안고
> 잘 익은 홍시 빛 꽃불을 켜 든다
>
> — 「입동」 전문

시인의 생명관이 작고 소박한 것에서 발견하는 존재의 의미와, 타인의 아픔을 외면하지 않고 이를 애정 어린 시각으로 보듬는 데서 싹튼다 할 때 「입동」의 의미는 좀 더 분명해진다. 겨울의 시작을 알리는 입동 무렵 이웃들이 포장마차에 모여 붕어빵을 사먹는 풍경을 그린 시다. "동네에서 가장 키가 작은 진씨 아저씨"나 "단간 셋방 아랫목처럼 옹기종기 몸 붙인 사람들"은 우리가 일상에서 흔히 만나는 평범한 이웃들이다. 이들은 고대광실에 사는 최상류층의 특권계급도 아니며, 그렇다고 내로라하면서 으스대는 권력을 지닌 이들도 아니다. 필부필부의 존재들이 붕어빵을 사이에 두가 삼삼오오 모여 시린 공기를 덥히는 모습에서 시인은 어쩌면 사회구성원들이 평화롭게 살아가는 이상적인 상태를 묘사하고 싶었는지도 모른다. 아니, 굳이 그런 시적 지향이 아니라도 이미 「입동」에서 상상할 수 있는 이미지는 분명 따뜻하고 정겹기만 하다. 여기에 군더더기 같은 사설은 필요 없다. 함께 모여 살아가는 존재들의 행복이야말로 사상이나 이데올로기를 떠난 곳에서 우리 인간이 마땅히 추구해야 하는 생명 공동체적 이상이다. 이는 보살심이고, 다른 존재들의 아픔과 고독에 따뜻한 손을 내미는 최소한의 인간적 야심이다. "저마다 따끈한 붕어빵 한 마리씩 품어 안고/잘 익은 홍시 빛 꽃불을 켜"드는 풍경에서 낱낱의 존재가 모여 거대한 생명의 불꽃을 피워 올리는 숭고한 이미지를 떠올리는 것이다. 서로가 서로를 위로하고 보듬는 마음이 있기에 세상은 점점 밝아진다.

　　길이
　　당신은 혼자가 아닙니다 라고 말한다
　　당신이 혼자가 아니듯이
　　나도 혼자가 아닙니다
　　동행을 하지 않으면 우리는 아무것도 아닙니다
　　당신이 없으면 내가 길이 될 수 없듯이
　　내가 없으면 당신도 이 생生의 완전한 당신이 될 수 없습니다
　　당신과 나의 길이 끝나는 순간까지
　　당신은 나의 길이요
　　나는 당신의 길입니다
　　길 없이 무엇에 닿아 보셨나요
　　당신 없이 무엇을 열어 볼 수 있었던가요

　　세상엔 혼자가 아닌 것은 아무것도 없다고
　　확실하게 믿었던 나는 알겠네
　　그의 말뜻 알아 듣겠네
　　그 곳이 어디이든
　　내 발걸음 한 걸음에
　　기꺼이 옷고름 풀어 주는 저 길의 헌신

　　　　　　　　　　　　　　　－「길의 잠 언」 전문

　　"길"이 상징하는 의미를 통해 우리는 시인이 이번 시집에서 말하려는 것의 핵심을 짚을 수 있다. 시인은 이 세상에서 완전히 동떨어져 홀로 존재하면서 생명을 이어가는 것의 무의

미함을 길의 상징에서 보여준다. "동행을 하지 않으면 우리는 아무것도 아"니라는 전언이다. 언제 끝날지 모르는 삶의 길에서 만나게 되는 숱한 어려움과 인연들을 생각한다. 고통만 피하고 행복과 만족만을 품는 삶은 없을 것이다. 뜻하지 않은 인연으로 아픔을 겪기도 하고, 가끔 찾아오곤 하는 사소한 기쁨에도 어쩔 줄 몰라 행복에 겨운 상태에 빠지기도 하는 인생이다. 모두 저마다 자신들만의 삶을 영위한다 믿지만, 실은 그물코처럼 얽힌 생명체들의 공생이 있기에 이 세계는 존재하는 것이다. "당신과 나의 길이 끝나는 순간까지/당신은 나의 길이요/나는 당신의 길입니다"처럼, 서로의 삶이 서로의 전제조건이요 바탕이 되는 것이 생명이다. 겉으로 드러나지 않고 자생自生하는 존재라 할지라도 마찬가지다. 김정순 시인에게 이러한 공생共生은 시집『불면은 적막보다 깊다』를 떠받치는 대전제요 핵심적인 메시지인 것이다. 이러한 정신은 타자의 고통과 아픔에 눈 감지 않는 자비심, 그리고 모든 존재가 커다란 생명공동체의 일원으로 눈에 보이지 않게 묶여 있다는 자각으로부터 연유한다. 사람과 자연이 함께 서로를 위하고 상생하려는 의지가 이 세상을 더욱 풍요롭게 한다. 여기에 시가 기여하는 요소가 있다면, 그런 평화로운 공존의 상태를 언어로 형상화하는 일일 것이다. 이번 시집이 치켜 든 작은 촛불 하나가 존재의 영원한 생명의 길을 밝혀주는 희망이 되길 바라면서 글을 끝맺고자 한다.